Y Tŵr at yr Haul

COLIN THOMPSON
ADDASIAD ELIN MEEK

DREF WEN

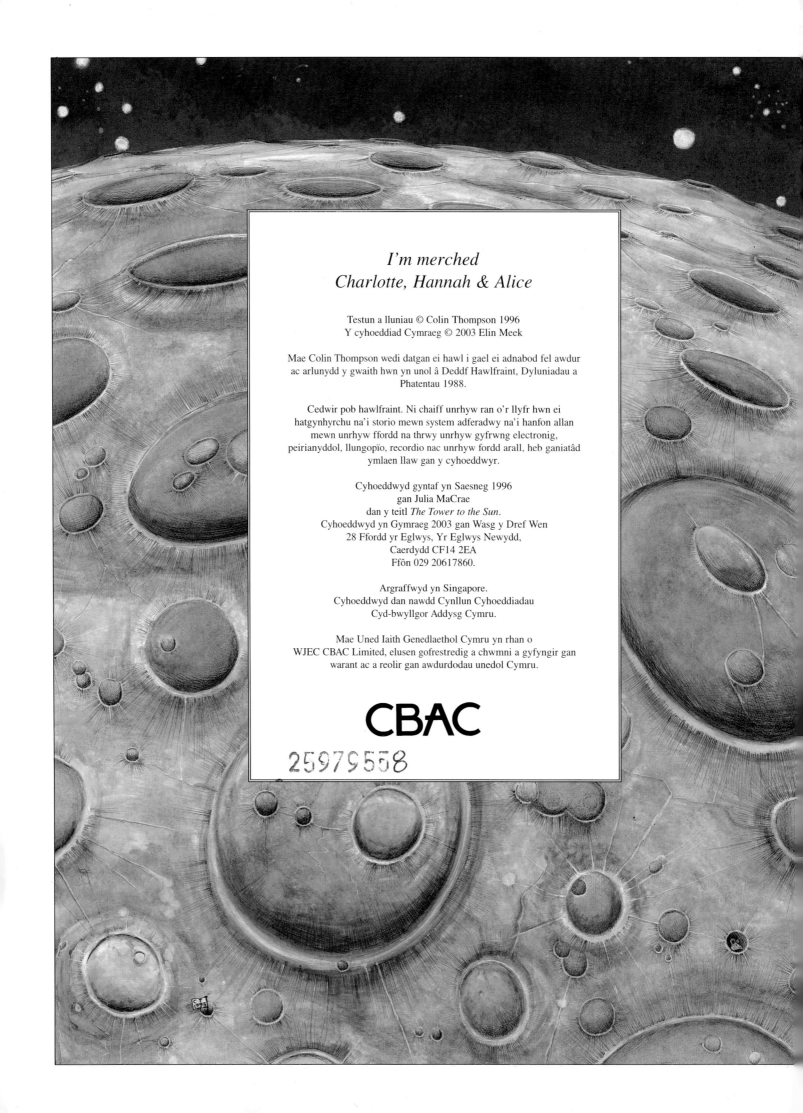

I'm merched
Charlotte, Hannah & Alice

Testun a lluniau © Colin Thompson 1996
Y cyhoeddiad Cymraeg © 2003 Elin Meek

Mae Colin Thompson wedi datgan ei hawl i gael ei adnabod fel awdur
ac arlunydd y gwaith hwn yn unol â Deddf Hawlfraint, Dyluniadau a
Phatentau 1988.

Cyhoeddwyd gyntaf yn Saesneg 1996
gan Julia MaCrae
dan y teitl *The Tower to the Sun*.
Cyhoeddwyd yn Gymraeg 2003 gan Wasg y Dref Wen
28 Ffordd yr Eglwys, Yr Eglwys Newydd,
Caerdydd CF14 2EA
Ffôn 029 20617860.

Argraffwyd yn Singapore.
Cyhoeddwyd dan nawdd Cynllun Cyhoeddiadau
Cyd-bwyllgor Addysg Cymru.

Mae Uned Iaith Genedlaethol Cymru yn rhan o
WJEC CBAC Limited, elusen gofrestredig a chwmni a gyfyngir gan
warant ac a reolir gan awdurdodau unedol Cymru.

CBAC

Ar un adeg, pe byddech chi'n sefyll ar y lleuad ac yn edrych i lawr ar y ddaear, byddech chi'n gallu gweld Mur Mawr China. Roedd yn troelli dros fynyddoedd garw a thrwy ddyffrynnoedd dwfn, gan orwedd ar y ddaear fel neidr fawr yn cysgu. O'r gofod dyma oedd yr unig arwydd fod pobl yn byw ar y ddaear. Am dros ddwy fil o flynyddoedd roedd e wedi dangos i bobl ar blanedau pell i ffwrdd nad oedden nhw ar eu pennau eu hunain.

Gan mlynedd yn ddiweddarach, wrth edrych yn ôl ar y byd drwy'r awyr wag, dim ond cymylau oedd i'w gweld. Gorweddai'r moroedd, y tir a'r Mur Mawr i gyd o dan orchudd di-ben-draw o gaddug melyn. Fel haul gwelw, meddal a'i ymylon yn aneglur, eisteddai'r blaned flinedig ar ei phen ei hun yng nghanol y gwagle mawr.

"Edrychodd y dyn cyfoethocaf yn y byd dros y ddinas a dweud wrth ei ŵyr, "Pan o'n i yr un oedran â ti, roedd yr awyr yn las a'r haul yn ddigon llachar i ddallu rhywun."

"Dw i'n gwybod," meddai'r bachgen. "Dw i wedi gweld lluniau."

"Tybed a yw e'n las o hyd," meddai'r dyn, "lan fry fan'na uwchben y cymylau?"

Fydden nhw byth yn gwybod. Roedd cyn lleied o danwydd ar ôl yn y byd fel bod ei angen ar gyfer pethau pwysicach na theithio drwy'r cymylau.

"Roedd y byd mor fawr," meddai'r dyn. "Fe allet ti sefyll ar gopa mynydd a gweld am gannoedd o filltiroedd. Fe allet ti weld nentydd bach yn tyfu'n afonydd anferth ac yn llifo dros ddwsin o wledydd nes tyfu'n gefnforoedd diddiwedd yn y pen draw."

Edrychodd y bachgen i'r caddug a dweud dim. Dim ond niwl diflas roedd e wedi'i weld erioed.

"Mae popeth mor fach nawr," meddai'r hen ddyn. "Allwn ni ddim gweld y mynyddoedd, ac mae'r awyr mor drwm."

Tywyllodd yr awyr fwll felly roedden nhw'n gwybod ei bod hi'n nos.

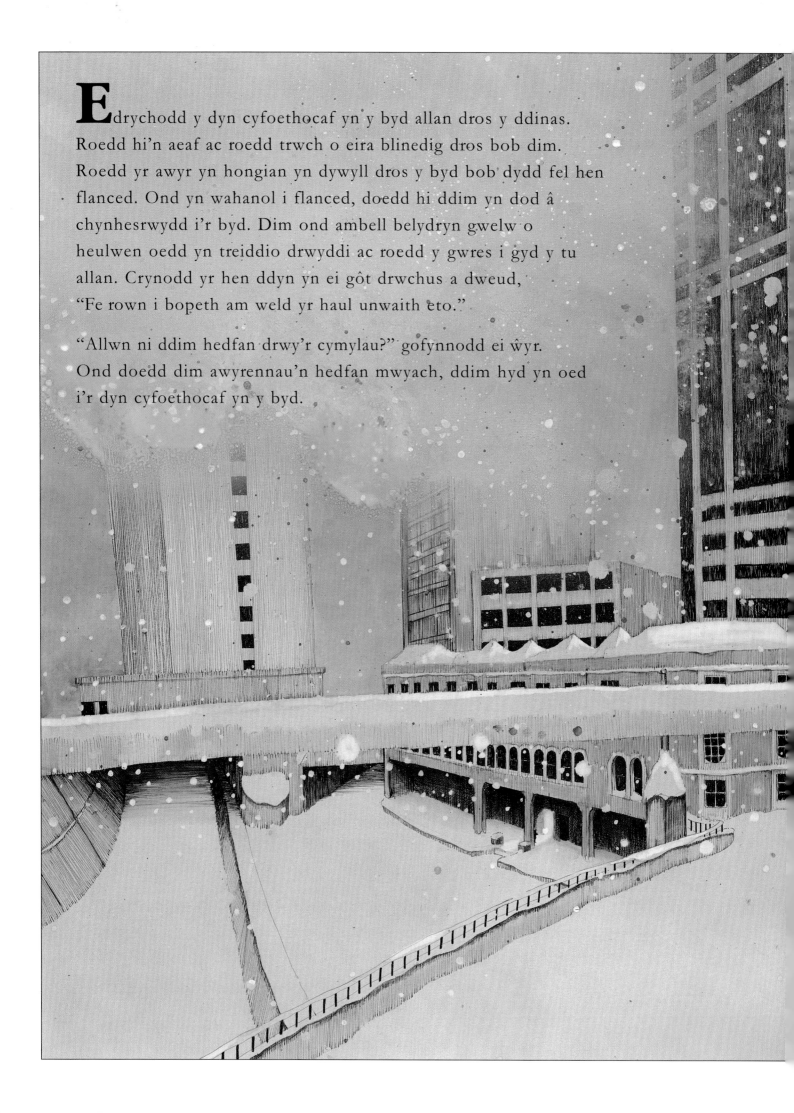

Edrychodd y dyn cyfoethocaf yn y byd allan dros y ddinas. Roedd hi'n aeaf ac roedd trwch o eira blinedig dros bob dim. Roedd yr awyr yn hongian yn dywyll dros y byd bob dydd fel hen flanced. Ond yn wahanol i flanced, doedd hi ddim yn dod â chynhesrwydd i'r byd. Dim ond ambell belydryn gwelw o heulwen oedd yn treiddio drwyddi ac roedd y gwres i gyd y tu allan. Crynodd yr hen ddyn yn ei gôt drwchus a dweud, "Fe rown i bopeth am weld yr haul unwaith eto."

"Allwn ni ddim hedfan drwy'r cymylau?" gofynnodd ei ŵyr. Ond doedd dim awyrennau'n hedfan mwyach, ddim hyd yn oed i'r dyn cyfoethocaf yn y byd.

"Fe allen ni adeiladu balŵn," meddai'r bachgen, "a hofran fry drwy'r cymylau."

Felly dyna beth wnaethon nhw. Fe adeiladon nhw'r balŵn mwyaf a fu erioed. Llithrodd y bachgen a'i dad-cu yn ddistaw fry i'r awyr.

Am dri diwrnod a thair noson buon nhw'n dringo'n uwch ac yn uwch, ond ar y pedwerydd dydd, ni allai'r balŵn fynd dim pellach. Roedd yn hongian yn gwbl lonydd yn y cymylau melyn fel petai wedi ei lapio mewn gwlân cotwm brwnt. Am dri diwrnod arall buon nhw'n aros yno wedi'u dal yn y llonyddwch diflas ac yna dyma agor y tapiau a symud yn araf bach yn ôl i'r ddaear.

"**F**e allen ni adeiladu tŵr," meddai'r bachgen. "Tŵr at yr haul."
Roedd yr hen ddyn bron â dweud y byddai hynny'n amhosibl. Fyddai tŵr

oedd yn ddigon hir i dorri drwy'r cymylau byth yn sefyll. Ond meddyliodd,
Pam lai? Beth yw diben fy holl arian os na alla i adeiladu breuddwydion?

Ymhell o'r holl ddinasoedd a'r trefi, ar y graig fwyaf yn y byd,

dechreuodd deg mil o bobl adeiladu dinas i'r awyr.

Buon nhw wrthi'n gweithio am ddeng mlynedd. Aeth y dyn cyfoethocaf yn y byd yn hŷn a thyfodd ei ŵyr yn ddyn.

Buon nhw wrthi'n gweithio am ugain mlynedd. Aeth y dyn cyfoethocaf yn y byd yn hen iawn a chafodd ei ŵyr blant ei hunan.

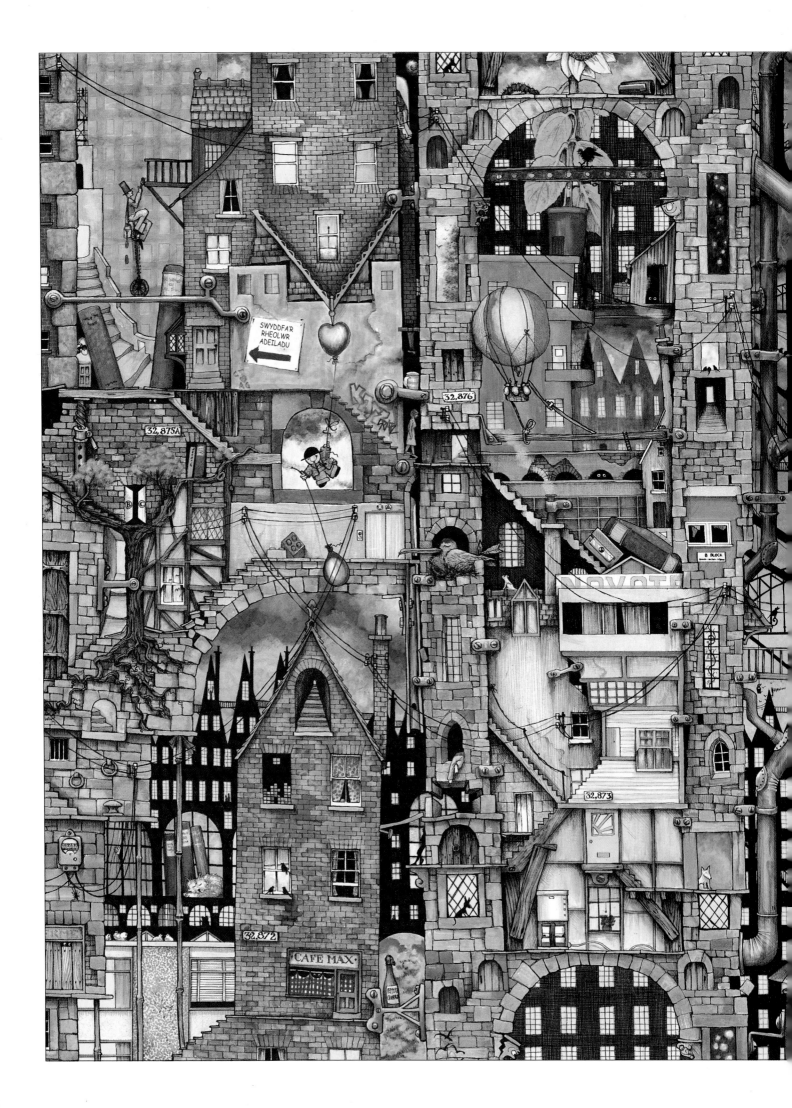

"Rhaid i ni weithio'n gyflymach," meddai'r wyr. "Rhaid i ni gyrraedd yr haul cyn i Tad-cu farw."

Felly fe adeiladon nhw'r peiriant mwyaf erioed. Gydag olwynion mor dal â thŷ, gallai fynd dros y byd a chodi adeiladau cyfan yn ei freichiau anferth.

Dyma nhw'n cymryd
adeiladau gwych o bob
cyfandir a'u pentyrru'n
uwch ac yn uwch.

Yna, o'r diwedd, goleuodd yr awyr.

Eisteddai'r hen ddyn, dyn cyfoethocaf y byd ar un adeg, ar ben y twr yn dal ei or-ŵyr yn ei hen freichiau. Teimlai wres bywyd yn disgleirio ar ei groen fel y gwnâi pan oedd yn ifanc, a phan ddaeth hi'n nos dyma nhw'n ei gario i lawr i'r gwely.

Bob dydd wedi
hynny daeth llinell ddiddiwedd
o bobl i ddringo'r tŵr, nes i bob dyn,
menyw a phlentyn weld yr haul. Fesul un,
syllon nhw mewn tawelwch ar y golau a oedd wedi
rhoi bywyd iddyn nhw. Ac fel y bu Mur Mawr China i
genedlaethau o'r blaen, byddai'r Tŵr Mawr yn gofeb iddyn nhw.